너는 나와 모르는 저녁

임곤택 시집

문예중앙시선
50

너는 나와 모르는 저녁

임곤택 시집

문예
중앙

마트 하나는 문을 닫고

편의점은 두 개 더 늘었다

담배와 연기

술이 채워진 아메리카노 미들 사이즈

이런 아침은 어떤가

창 너머 창들은 안녕하신가

일찍 싸우고 늦게까지 위로받으려는

사내들의 고성방가

두 겹으로 주차된 자동차

누가 가장 좋은 값을 치를 것인가

차례

4부

해설

□ 한 연이 첫 번째 행에서 시작될 때는 〉로 표시합니다.

1부

그때

가까스로 도착했다
부르튼 입술 아스팔트의 더운 습기
물고기처럼 끔벅거려 당신이 어떤 말을 그치지 않을 때
숨을 내쉰 아가미같이 당신이
잠잠해질 때

대합실에는 TV와 긴 의자, 붉게 그을린 사람들
환영합니다 기대합니다 우리와 함께 평화를 함께

추락하는 비행기를 쫓는 아이
검은 연기를 낙하산을 숲속으로 사라진 조종사를 만나
려는 아이
어떤 예정은
기억으로 바뀌어 그만일 테지만

까다로운 풍경을 지나
미심쩍은 아침을 지나
이곳은 곧 그곳이 될 거야, 그곳이 이러했듯이

당신이 말할 때

커피를 뽑으려 멈춘 두 사람
주름이 많은 쪽과 먼지같이 웃는 쪽

동작

그가 몸의 자세로 무엇을 말한다면
피뢰침과 파란 하늘
종로2가 인파에 문득 걸음이 막힐 때
저녁을 기다리던 오후 긴 마루
잘 마른 속옷처럼
펄럭이는 태극기를 보게 되는데

바람이 되어야 할 것들 로터리와 시장을 지나
파란색 시내버스를 타고
입안에 털어 넣은 감기약 두 알이 덜컥
목에 걸린 기분을 느끼곤 하는데

풍문이랄까 전언이랄까
새벽 두시 진공청소기를 돌리는 옆방 여자의 기침 소리
살색 뒤덮인 심야 영화의 화면에 빨려 들 때
담배 연기는 모든 전쟁의 마지막 포연이라는 생각

꼭 일어날 일은 그도 어쩔 수 없어서

사과를 먹다 왜 벚꽃 만발한 가로수 길을 떠올렸는지

우린 왜 조금 늦거나 너무 빠른지

물었을 때, 그의 자세는 오므린 입술이거나

하얀 귀

집 찾기 놀이

눈이 내린다
골목 사이로 흩어지는 집들
뒤쫓으면 주저앉아 집이 아니다

여기까지의 길과 물음들
손목 잡아끌던
집으로부터 집까지

눈이 내린다
늦었거나 너무 이른 것 다 같이
눈이 되었다

모른 척하기, 매일의 인사
내 웃음은 거짓이었다
버려진 가구 위 신발 한 켤레
우리들의 공손한 인사는 거짓이었다

안내자가 되려는

길거나 짧은 것, 죽었거나
살아 있는 것

눈이 내린다
누워도 좋은 바닥
집이 되려는 모든 바닥

어두운 방은 무섭대도, 불 좀 켜래도
집으로부터 집까지
눈이 내린다

네 눈 속 푸른

그곳 계단을 스무 개쯤 오르면
타이어를 얹은 지붕 하얀 시멘트 십자가
나는 그곳
네 눈 속 언덕으로 뛰어오른다

오늘은 잔디가 자라는 날
시든 것은 원래의 자리에서 무엇으로 다시 쓰이고
머리칼 속속 누비는 바람
저렇게 멋지게 날아오르는 비닐봉지는
믿지 못할 정도

비탈을 오르며 사람들 기공을 연마 중이네
다 같이 헐렁한 셔츠를 맞춰 입었네
쌓고 옮기고 허리를 구부리며
잠깐 사이 세상은 겨울이라네

눈송이 펄럭이는 하늘
새들은 머리칼 얽힌 둥지로 돌아오고

〉

늙은 친구를 슬퍼하는 노인, 비둘기 쫓는 고양이
예수님 언덕에서 팔을 벌리고
모양을 바꾸는
그늘 햇볕 오후의 조각들

일몰의 싸움꾼

자전거 한 대 정강이로 돌진해온다
그림같이 붉은 저녁이 흘러나온다

그 늙은이, 문신 봤어? 팔뚝에?
나이 든 여자들은 나이 든 남자들에 대해
소녀처럼 속닥거리고

덜컹거리며 우리는 어깨를 부딪친다
주춤거리는 맹인과 그의 아내, 구슬픈 멜로디
이런 승부는 공정하지 못해……

　박종팔이라는 복서 알아? 그의 술집에서 술을 마신 적
이 있어. 술집 이름은 챔피언. 박종팔 말이야, 세계 챔피언
했었던. 캐시어스 나이토를 때려눕힌 손으로 부어주는 술
잔을 받았어. 어찌나 다정한지 옆집 형 같았다니까. 박종
팔 몰라? 박종팔?

　한 쌍의 연인이 서로를 뒤진다

나이 든 여자들은 새댁처럼 머리를 틀어 올렸다

주먹을 뻗어 주먹을, 계속 휘둘러
이때가 좋아, 관자놀이의 통증이 생각을 줄여주거든 무
거워진 몸은 묘하게 편안해

게임은 끝나지 않고 너는
은반 위의 요정으로 다시
태어나는 꿈을 꾼다고 했다

술값은 얼마 나왔냐고? 글쎄 박종팔이 옆집 형 같았다
니까

자전거 한 대가 정강이로 돌진해온다

나이 든 여자들은
티슈를 꺼내 붉게 번진 루주를 닦고

비는 이틀째

젖으면 더 질겨지는 것을 알고 있다
농담에 이어지는 농담
가볍고 엇비슷해 쌓아두기 편한 책들
시청 앞엔 이제 가지 않기로 했다

곱창집 원탁에서 그렇게 선언했고
돌아오는 길에 저지방 우유 한 팩을 샀다
면도를 하고 싶다
비는 이틀째 그치지 않고

빗줄기 사이는 볼수록 넓은 것이어서
모르는 사람들 함께
비를 피할 만큼 넉넉한 틈이 있어서
알맞게 웃으며 우리는 농담을 기다렸다

짓다 만 건물에서 삐져나온 철골
젓가락질 사이로 잠깐씩 바깥을 보았다
비 오는 골목과 비를 보는 사람

창밖을 왕복하는 목선木船
그것이 일으키는 자기 차례의 너울

시작한 농담은 그치지 않았다
단맛이 우러나오기를 기다리며
비는 이틀째
한 사람의 구두에서 튄 물방울이
다른 사람의 무릎을 젖게 하고

옆 테이블 손님은 우리와 같은 안주를 주문했다
옥상에 널린 베갯잇과 몇 장의 셔츠
발밑으로 누런 삼베를 뱉어내는
기계음의 환청

잎 잎들 소리 소리들

사그락사그락 소리 난다
쿵쾅쿵쾅 이렇게 소리 내고 싶은 듯이

어떤 모험이든 더 들으려는 女子와
모든 나라의 흙을 담아 온 兵士는
못 참을 것 같아 그러는 듯이

女子와 兵士의 집중은 부주의해서
발자국처럼
발자국처럼 뜻 없이
냉랭한 도시를 얻어 가는 참새들

그건 아니지, 그럴 수는 없어 라고 말했지
그렇게 되었어, 그렇게 될 것이었어 라고
말했지

사랑이거나 징벌인 듯이
서로에게 일으킨 반란인 듯이

〉

꽃이면 꽃, 눈송이면 눈송이, 시는 詩여서
아무것도 아닌 날
겨울의 마음처럼 지금의 여름도 아무 일 없는 날
그들의 소리는 물소의 살을 찢는 사자 같아서

지루해도 우리는
군화 같은 거 말고는

펜타토닉

블루스가 뭐죠, 물었을 때
그의 대답은 도레미솔라
네 개의 손가락으로, 다섯 개의 풍선을
도레미솔라

담배 냄새, 입술에 가장 가까운 지옥
굵은 소금에 목젖을 절여놓았던 듯이
도레미솔라

농구화 구겨 신고 거리로 나갔지
그 뻔한 피로를, 이글거리는 한낮을
As the years go passing by

서른 번째 애인과 수유2리 뒷골목으로
어룽거리는 낙서들
뭘 제일 후회해? 물어왔을 때

길을 묻는 노인을 지나쳐 걸었지

링거 같은 소주를 종이컵 가득 부었지
빨간색 흰색 알약들

블루스가 뭐죠, 기타를 멘 그에게
물었을 때
도레미솔라 그리고 E플랫
네 개의 손가락으로 여섯 개의
날아오르는 풍선

커다란 몸을 들썩이며 우는 흑인 노예
그의 어린 아들이 장전하는 38리볼버

'하루에 세 번 삼킬 것' 봉지 뒷면에
그려진 악보 한 장
Tin Pan Ally, 빨간색 흰색 알약들

신호등을 건널 것인지 남반구의 겨울로 떠날 것인지

〉

견딜 만하지만
변주가 필요해

스무 번째 바람맞은 애인이, 이제 그만해
말했을 때 나의 대답은
도레미솔라

시작도 끝도 없이
도레미솔라

다짐하는 아침

싸게 파는 갈치 싸게 파는 양파 싸게 파는
트럭 한 대가 창을 가리고 선다

무심해야지 바람처럼 궤짝처럼 문턱처럼 새떼처럼
잠들어야지 맹수처럼 병자처럼 잠든 적 없는 것처럼
살이 빠진다 신경질이 는다
흘러가도 흘러가도 흘러가지 않는
아침 뽕짝

버스 증명

틀림없는 일들이 벌어진다

버스 기사의 오른쪽 발과 몇 번의 신호 대기

줄을 선다 솔직해지기 싫어서

흔들린다 인정해야 할 일이 있다

발을 디딜 때

물 흐르듯 흐르는 몸은 불가능한 곡예

소금기 하얀 어부의 손바닥

겨울은 무엇이든 잘 썩지 않는다

면목동에서 청량리 지나 성북구청에 닿는 동안

어떤 행인이 아버지를 떠오르게 했을 뿐

두꺼운 바지를 입어야 하는 겨울

두꺼운 바지를 입은 겨울

당신들아, 뭉쳐진 채로 이렇게

그대로구나

입김은 한참 동안 흩어지지 않는다

밖에 있는 그가 말하고 안에 선 그녀가 대답하는 사이

아이는 뽀드득 창을 문지른다

버스는 증명하기 어렵다

버스 기사의 동작은 거의 변하지 않고

어둡다 많다

구분할 수 없다

스티비 원더

꿈을 꾸었다고 생각했지
당신의 마지막 말은, 아마도 인사치레였지만
잘 알아들을 수 없었지만

지나는 트럭, 운전수 옆자리 얻어 타고 당신과
지겨운 산과 강을 몇 개 추월해
통영이나 삿포로 생선 가게 이층에서 잠시

스티비 원더의 lately를 듣고 싶어
슬로우 템포
백악관 대변인의 오만한 저음을
나이지리아 무장 단체의 석방 교섭 속보를
lately 중간중간에

반쯤 담긴 맥주잔을 창에 대고 흔들면
뽀글뽀글 올라오는
노란 붉은 투명한 공기 방울
차가운 잔을 왼쪽 볼에서 오른쪽 볼로

그리고 그 반대로
의정부행 1호선 전철이 지나고

스티비 원더의 콧소리가 잊히질 않아
그의 콧소리는, 고개를 젓던
당신의 웃음소리 같아 인사치레였지만
알아들을 수 없었지만

무관한 대면

지평선 없는 땅에 태어났다
몇 발짝 걸으면 시작한 곳은 보이지 않는다
귀찮은 질문 툭툭 튀어나오는
오래된 묘지 많은 곳

어머니나 아버지 한쪽은 분명히
나를 사랑하셨고
어깻죽지나 왼쪽 눈 하나쯤은 그때
그 여자를 사랑하였을 것이다

지금 어둡지는 않지만
비틀어진 길 울퉁불퉁한 땅을 무릎에
받아 눕히는 일은 익숙하지 않지만

하늘은 가끔 보라색
눈꺼풀 비비면 침침한 별이 보인다

두 번쯤 꺾어지면 대개는 모르는 나라

외국어를 가르치고 배우는 듯이
모여 술 취한 사람들

너무 멀거나 턱밑처럼 가깝지는 않은 곳
걸음 사이로
촘촘하게 도시인 저녁

대화의 일치

그가 물었다, 어두운데 잘 보이지?

가로등은 빗줄기를 비추고
반짝이는 빗줄기를 맞으며 우리는 걷고 있었다

빗방울을 밀쳐내며 지붕들이 조금씩 변했다
빗소리는 벽돌 유리창 취기로부터 왔다
不和의 힘으로 저녁이 깊었다

검은 것 한 덩어리가 지붕을 건너
다음 순간으로 사라졌다
유혹과 애간장의 무늬들이 오밀조밀
빈 곳으로 밀려들었다
귓속에서 젖은 고양이들이 자랐다

어둠이 내리고 비가 내리고 들었던 팔다리를
내리고, 이런 말들로 우리는 남김없이 표현되었다

〉

일치하고 있었다
발, 디딘 곳과 빗방울 그리고
나머지 물기와 어둠

어두운데 정말 잘 보이네, 대답했다
한 걸음씩 옮겨졌다
약동 진입 거부 탈출의 동작으로
몸의 水深이 계속 채워졌다

바람과 blues

당신이 찾는 곳은 병원도 영화관도 아니다

당신이 물은 곳을 또박또박 되묻는다
당신은 다시 묻고
나는 또 묻고
우리는 금세 주고받는 일에 빠진다

비가 내린다 해가 비친다
우리는 겨울 쪽으로 팔을 벌리고

길을 건넌다
커피를 마시고 강아지를 기르고
당신이 찾는 곳, 병원도 영화관도 아닌 쪽으로
우리 조금씩 빨라져서

2부

지배하는 눈

고양이 한 마리 벤치 뒤에 숨어
나를 보고 있다

정오쯤 그친 빗줄기의 눈
아버지의 눈, 쫓기는 자의 눈
거절하지 않는 자의 눈으로
나를 보고 있다

벤치는 귀퉁이가 부스러졌다
은행나무 잎이 은행나무 아래로 떨어지고
아무도 달리지 않는다

커다란 쥐를 찢어 먹는 기억 속 고양이를
다시 본다
부스러진 귀퉁이의 눈, 담배를 얻으려는 자의 눈
우연히 웃게 된 자의 눈으로
우리는 보고 있다

〉

고양이 한 마리 무엇을 꺼내놓는다
믿지 않는 눈과 꺼끌꺼끌한 것 한 줌과
오후의 쓸쓸한 냄새를 펼치고
누가 우리를 보고 있다

돌아가는, 되돌아가는

집 앞에서 멈추는 버스를
집 앞에서 출발하는 버스를

아이들은 낱낱이 엄마를 닮고
버스 안에는
노랑 풍선이 뒤엉켜 있네

주인이 정해진 땅과 염소들
정거장을 지나며 모은 나의 古代에는
동화는 없고

지금 이것과
똑같은 버스가 창밖으로 보이네
전속력으로 달리며 천천히 뒤처지는
저 안에도 아이들이 잠들고
엄마들이 따라 잠들고

기대 없이 기억 없이 오직

진군하는 순간의 황홀

버스 안의 평화보다
바깥의 속도를 나는 더 믿네
믿고 싶어지네

몸의 꿈들

무릎이나 허벅지쯤이 잠기는 강물
친구들은 이곳을 좋아했다
건조한 날에는
비 오는 계절의 약속을 만들자

사과 껍질이 사오백 페이지 두꺼운 책을 붉게 꾸민다
대답하지 말자, 너무 긴 물음에는
밤마다 구두 한 켤레가 만들어지고

도시를 두엇 건너 첫 번째 저수지
낚시질로 어그러진 수면
여남은 사람이 제 몫을 데우고 간
정류장의 금속 의자들

서늘하고 따끔한 가을볕이 문을 두드린다
이제 그만 나오세요 빨리요
늑대가 또 나타났어요
상상하지 않을 때 우리는 신호등을 믿게 된다

〉

자정 부근 더 두근거리는 윗집 아이들
뚜벅뚜벅 흐르는 구두 한 켤레
늑대의 것 강물의 것 따끔한 가을볕의 것

광장을 지나 약속 없는 雨期를 지나
경적 소리 흩어지는 풀, 거미, 무화과나무

나를 재우고 일으키는 넓은 이곳
수표교나 광교처럼
아무 때나 지나지만 그 밑은 어두운
빌지 말자, 더 쌓일 높이에는

화요일은 봄

화요일이군요, 감은 머리를 벽에 널어 말리는
당신은 며칠 전과는 다른 물기

가끔이 좋겠습니다
누군가 태어나며 세상엔 윤기가 흐르고
기다리는 사람은 오래 기다린 사람
한 번 이상 지나친 사람

글을 배워 아이는 어디로든 빠져나갑니다
당신 쪽으로 갑니다 넘어져도 달립니다
돌아오는군요
한 번쯤이 좋겠습니다

얼굴은 빛나는 곳 어디에든 얼굴을 비추고
정직하지 않은 대답, 잔인하고 무섭지만
매정하지 않은 대답

벽 쪽으로 어깨 돌려 길을 만듭니다

다시 오는군요 눈을 가졌군요

서두르는 아이는 돌아보는 아이

기다리는 사람은 약속 없이 기다리는 사람

화요일이군요

꽃들은 무슨 색으로 할까요

그래요, 꽃이 더 좋겠습니다

꼭 찬, 가득한

해가 뜬다

과일 가게 사과는 며칠씩 썩지 않고
병도 기억도 없는 건강
남는 힘은 손톱이라도 뽑을 듯한데

해가 진다
빌딩과 빌딩 사이 빛이 갇힌다

해가 뜬다
입술에 묻은 살, 밤새 뱉어놓은
한 줌의 압정

우리는 식탁에 둘러앉는다
농담과 우애, 몇 조각의 자투리를
긁어모은다

해가 진다

적당하지 않은 피로다
밤은 사랑하게 만드는 일 말고는 어디든
길을 막고 눕는다

아침은 아침대로 우리는 우리대로
맡겨두었던 것을 돌려받아야 한다

작고 검은 것이 톡톡 떨어져 쌓인다
이 여름은 너무 길다
내일은 자정으로부터
우글거리는 자정을 물려받고

그곳은 늘

날지 않는 새를 위한 굴뚝

거꾸로 매단 꽃다발은 아무리 마르라고 해도

일부러 그러는 것처럼 더디고

고개 숙이고 걷는 아이

사진관 지나, 사람들이 깜빡 놓고 온 것을

찾으러 들렀을 가게들 지나

누가 부르면 무작정 돌아보게 된다

햇볕에 숨은 투명한 낭떠러지

직선처럼 보이는, 누군가 부르는 끝에는

두엇에 하나 검은 봉지를 들고

생각에 빠지고

이름 정도는 알아야 말을 걸지

고개 숙이고 지나가는 것

정류장 둘쯤마다 학교는 하나씩 있고

사과를 팔던 여자는

그물망에 든 오렌지를 판다

〉

눈 뜨면 맨 처음 떠오른 사람과 다시
잠들고 싶은 것처럼
하나씩 보내자, 한꺼번에 오기도 하는 것
그래야 해서 꼭 그러는 것처럼
발끝을 보는 사이

잎 잎들 소리 소리들 2

알아들을 수 없다

바람과 거울
문턱을 깨무는 소리의 궁금증

바벨탑을 쌓은 사람들은 당신의 소리를 닮았을지 몰라
한번 부르면 나 활짝 문 열었으니
덜컥 문 열고 맨발로 뛰어나왔으니

당신은 그치지 않고
나는 죄인처럼 초조했으니

당신은 어떤 달변으로 자꾸 잎인지
어떤 밤에 길들어 그치지 않는지
귀와 종소리의 거울
바람과 야경꾼의 거울

흙으로 바람으로 분명해지려는 나는

당신으로 무덤을 지키듯 편안할는지

부스럭거리는 신음의 첩첩산중
당신은 몸도 마음도 아닌 나락을 열어 보여
당신의 소리로는 한마디 꿈꿀 수 없으니

한두 걸음으로 피로한
나는 당신의 물음에 답할 수 없으니
되도록 많은 그림자를 끌고 세상을 건너려는
당신의 속내 다 셀 수 없으니

당신은 어떤 아침에 밝아 자꾸 잎인지
그치지 않는지
흙으로 바람으로 분명해지려는 나는
귀 막은 듯 편안할는지

누구의 나이로도 당신은 처음이 아니고
당신이 닮은, 당신을 닮았을지 모르는

가을과 거울

무덤덤히 귀 후비며 나는 어른이 된 줄 알았는데

양들은 낙엽을 타고 온다

누가 거짓말을 하고 있다
짚이는 것은 있는데 아무것도 확인할 수 없는
푹신한 저항

내가 생각해낸 생각들로 처음 밤새던 날
할머니는 초저녁부터 이불을 꺼내 덮어주었지
눅눅한 솜이불
알 수 없는 말을 궁시렁거리며 그는 곁에 누웠고
자는 시늉을 했었는데
누군가 거짓말을 하는 게 분명했지
내 곁에서 천천히 돌아누운 할머니

낯익은 얼굴에서 낯선 표정을 꺼내는 서늘한 風速
창문을 닫아야지 탈그락거리는 창문
귀를 막아야지 차곡차곡 거짓말 끝도 없는
거짓말

9월에서 시월

너는 너보다 키 크다

오래 걸은 자들
딱 한 번 입을 여는 자들
시월의 나무 밑에
9월의 양말을 꿰매는 자들

허리 구부리는 자들
허리 구부려 발가락 세는 자들

더 걸으려는 자들
딱 한 번 입을 열어
가난하게 웃는 자들

파랗다가 붉다가 맹렬하다가
시월은 손을 뻗어 아무것이나 그러쥐고
걸으려는 자들
제 발 쓰다듬고 취하는 자들

〉

수척해진 자들의 웃음을 본다
오래 걸어 미라가 된 한쪽 발과
너무 멀어 뿌리인 것

波

거리는 넓고
느릿느릿 여자와 남자들
눈의 은막을 빠져나간다

코트를 젖히려는 주둥이들
옷섶을 물고 나풀거리는
얼어붙은 주둥이들

서울, 겨울의 유배지
일방통행을 잘못 든 택시는 주춤거리며
방향을 바꾼다
미끼처럼 오므린 눈송이
그것을 덥썩 물고 튀어오르는 하얀 눈송이

지금은 흑백 영화 속의 이발소
흰 가운을 입은
이발사는 슥슥 면도날을 간다

오늘은, 내일은 겨울

주차장을 지키는 늙은 사내는 겨울

눈이 내린다

지폐로 바꿀 수 없는 소유물의 모든 목록

천 개, 그리고 만 개쯤

발등에 몸을 붙이는 하얀 주둥이

적당하지 않은 때

늑대의 박제를 가져보자
내 옷을 엉망으로 만든 수선집 주인은 눈을 피한다
늑대의 웃음을 가져보자
그것은 강철 웃음
기관차 동전 해머를 녹여 만든 웃음

가파른 계단을 두 칸씩 뛰어올랐다
반짝거리며 어두워지는 태양의 변신술

시장은 제일 먼저 불을 켠다
주인 여자가 옆에서 닭의 털을 뽑는다
토막 낸 사지를 밀가루 반죽에 조물락거린다
시원해지니까 좋지?

동물원에 가자
사탕을 녹여 먹는 마음으로
쓸쓸한 살기를 가져보자
꽉 물어야 할 때

닥치는 대로 믿고 싶을 때

늑대의 애인을 가져보자
우리는 발톱이 짧고 새처럼 날지 못하고 철망을 물어뜯고
발정기처럼 헤프다

버스를 기다리자 지하철을 타자
그가 돌아오지 않기를 바라는 그녀처럼
늑대의 박제를 가져보자

야스쿠니신사

검은 교복의 여학생들

짧은 치마 깊숙이 소름 돋은 흰 살결

베어버리고 싶은

베이고 싶은

한 사람쯤 발가벗겨져

목이라도 졸린 채 누웠어야 어울릴 것 같은

겨울, 차가운 細雨中의 매화꽃밭

몇 뭉치의 꽃송이가

나무 울타리에 끼어 흔들리는 아비규환

빗물을 튀며 달리는 짧은 치마 여학생들

뒤쫓고 싶다 베고 싶다

아릿한 마비

'나를 보고 싶을 땐 하늘을 봐'

게시판에 붙은 병사의 편지

너는 죽고 싶었을까

아침마다 너를 눈뜨게 하던 그것이

너의 애비를 땅 위에 자라게 한 그것이

시간을 있게 한 그것이

그것이 꽃 피우듯이
너는 죽고 싶었을까
가지마다 묶인 검은 리본, 검은 망령
지금 비 내리게 하는 저것이
나를 뒤쫓는 저것이
매화꽃 떨어뜨린 저것이
땅 위에 충만한 정사, 저것을 흉내 낸
너는 죽고 싶었을까
겨울, 차가운 細雨中의 매화꽃밭
비를 피해 한 곳으로 뛰는 저
여학생들처럼 그렇게

추신

우울한 정신을 준 아버지에게

집 아닌 곳을 처음 보여준 그 마을 성당에게

무엇이든 함께 마시고 싶던 고1 때의 여학생에게

그로부터 3년 뒤 겨울에게

군청 앞을 지나는 4킬로 남짓 등굣길에게

마당의 박하 잎과 박하 향, 그 중독의 강림에

거울을 부수게 한 베이스 기타 굵은 저음에

거짓말을 가르쳐준 국어 시간에

손을 들어 세우려던 구름과

휘파람으로 돌아보게 하려던 구름과

허락을 얻지 못한 여러 믿음에게

환청을 일으키며 트럭이 지나갔고

농부와 농부의 아내들에게

그들의 아들과 딸에게

고통인 것과 지루한 것을 같은 음색으로 느끼는

자유를 준 당신에게

3부

동네에서 동네 사람들

8월인데 벌써 잎이 지네
칼 모양 비행운, 그것으로 몇 글자 끄적이는 동안
비행기 날아가네
사탕을 물고 웃는 청소부

자동차에 가려 지붕만 보이는 자동차
웃음소리 백 미터쯤 퍼지네, 멀리 가보려는 젊은이가
없어
노인이 옆에서 투덜거릴 때
여름 냄새 퍼지네 폴 폴 폴 눈이 내릴 듯한 골목

한 녀석 콜라를 마시네, 껌을 뱉으려는 것 같네
그래 그렇다고 해두자
니들한테 미안하다, 뭐 이런 말쯤 하나 남기고
어느 선승은 세상을 잠깐 떠났다고 한다

진열장에 비친 구름과 담배 피우는 남자
바쁠수록 계단은 한 칸씩 오를 것

›

구름 흩어진다 비행기 보이지 않네
다시 나타나겠네 흰색으로 은색으로 반짝거리며
야, 담배 끊어
담뱃불 붙이다가 눈썹을 태웠네
구름 얘기 아니라, 우리 얘기 아니라

Boogie Street

남자는 소주 한 병을 산다

더 받아 온 잔돈을 돌려주려 들른 가게
기억하는 사람이 없다

남자는 소주 한 병을 산다
저것으로 뜨거워지겠군
더위를 잊고 뜨거워지겠군

남자의 뒤를 따라 걷는다
34도 넘나드는 길을 걷는다
가을은 없겠군
소주 한 병 담배 한 갑으로
우리는 한 일 년 끄떡없다

전화는 받지 않을 작정이다
일 년쯤 이 년쯤
직업을 바꾸고 방을 옮기고 계좌를 닫고

〉

남자는 소주를 사러 오겠지
뜨거워져서 다시 소주를 사러 오겠지

내가 견디면 영영 나를 포기할 세상
겁 없는 여름
더 받아 온 동전은 내가 가지면 된다
우리는 한 일 년 끄떡없다

제목은 숨겨진 이야기

붉은 풍선과 화가 들의 우거寓居는
생선구잇집 이층 처마 아래

게으른 녹색 지붕을 수평선으로
한영애나 조플린과 얼음 띄운 술 한 잔
노랫말을 지어야 하는데
연분홍 치마는 다른 색으로 다른 계절로
화가에게 답례로

벽에 걸기로 하자, 가장 탈진한 때에
의자를 밟고 올라
염소 모양 구름과 아무래도 좋은 구름
노래를 짓자
떨어뜨린 꽁초는 깡통에 다시 넣고
서너 줄의 문장을 붓질보다 빨리 그리자

서명은 없다
주인이 꼭꼭 숨겨놓은 이야기

도시는 약간의 호사를 허락했다
제목 없는 그림은 담배 두 갑의 가격

하늘 향해 쾅쾅
못을 박고 일곱 색깔을 걸어두자
하얀색은 새벽까지 없는 것을 그려야 하므로
저 그림은 훔쳐 온 거야
거짓말을 해두자

뷰파인더

이런 때를 잘 잡아야 해
비가 그치면서, 해가 질 때
사람과 집 들이
수천 개의 유리잔으로 보일 때

그리고 우리 며칠 만에 웃어보는지
붐비지 않아 다행이구나
부딪히다 보면 아무 데서나 멈추게 되거든

구름은 빠르고 으스스 추워지는 때 있지
한 손은 주머니 속에서 축축해지고
다른 손으로는 가방을 꼭 쥔

셔터를 누르기 전에 한 번 더 살펴봐
보이는 곳에서
보이지 않게 되는 곳까지
세상과
더는 세상이 아닌 곳

〉

구름 걷히면서 해가 질 때
하늘과 지붕은 물웅덩이에 맞닿아 출렁거리고
신호를 기다리는 자동차들 일제히
공중으로 날아오를 찰나

한 프레임 전체가 커다란
공백이거나
아주 작은 공백들

12시에서 13시

너는 말을 탄 자세로 걷는다

도시는 수천 장 복사되고
5분 전은 '정오'였을 뿐
환자다
걸으려는 기색이 없다

더 빠른 말이 필요하다
엽총을 한 번 쏘고, 종이 한 장을 버린다
다시 쏘고, 다시 한 장을 버린다

피아를 구분할 수 없는
5분 지난 정오
구부정한 사람 두엇이 햇볕을 거꾸러뜨린다

말의 입속에 총구를 집어넣는
환상으로 너는 한낮의 에로스에 참석한다
정오의 거꾸러진 허리를 일으키려고

너는 걸음을 멈춘다

너는 수천 장 복사된다
13시까지
더 잃을 마음이 없는 도시는
회복할 건강이 없다

엽총 소리 들린다, 종이 한 장을 버리고
다시 들린다, 또 한 장

총상을 입은 병사들이 화단에 앉아
풀을 뽑는다
말을 먹인다

너의 약속된 오후

구제 의류를 파는 가게 앞에서 잠깐
햇볕을 피하고 다음 가게의 차양 밑으로

지금은 아닌가?
당신들의 팔뚝엔 정글의 지도가 있다
난 그게 좋다, 오래 빛나는 흙과 살빛의 반지
소나기는 쓸모가 많다
맥주 한 컵엔 소주 반 잔을 섞어야지
담 너머엔 감나무가 보여야지
여기 아닌가?
정류장 맞은편엔 정류장이 있고

나란히 닮은 집들, 더 닮은 창문들
덕이마트를 두 달째 먹이마트로 읽었다

마술을 배워야겠네
지팡이 흔들고 옷깃을 만져 사람들을 속이고
토끼와 흰 비둘기 꺼내 박수를 받고

용기 얻어 더 희한한 재주를
배워야겠네

간이簡易라는 말
의자나 화장실 앞에 붙는 말
벽을 짚으려 하자 벽은 뒤로 멈칫
물러선다

셔츠 찾아오는 길에 담배 한 갑 사고
꼬마들은 별명을 불러야지, 지붕엔 덧니라도 던져야지
8월 한낮은 선생처럼 또박또박 길을 묻고
여기 아닌가 지금은 아닌가
황토색 택시가 커브를 꺾는다

연착

명함 중에 몇은 모르는 사람이다
건들거리던 의자는 한쪽 다리가 부러졌다
몸을 젖히고 앉지 말자
비 오는구나

몸의 흰 지면紙面 전체로 들어온다
서늘한데 소름 돋지 않고
잔소리같이, 그래도 반가운 비 오는구나
나무는 휜다 나무는 힘이 세다

담배 한 갑, 커피 한 잔과 정류장
화장실 앞에서 만나는 파란 남자 빨간 여자
반갑다

들으나마나 뻔한 일로 끝까지
비 오는구나
손가락으로 탁 탁 탁자를 두드린다
생각은 지루한 기계

〉

휴지 같은 잡담이 좋겠다
싱거운 얼굴로 누가 옆에 앉아도 좋겠다
빨간 자동차 한 대 지나가도 좋겠다
지루해도 좋겠다

지나는 사람을 낱낱이 보지 말자
몸의 하얀 지면, 전체를 단번에 알아채는
당연한 일처럼
아직 안 온 일들이

모퉁이 돌면

내가 닿자 당신은
손가락 길러 몸을 빚기 시작한다
안 보여서 우리 살아도 되는 곳

휩쓸리는 머리끝은 노래를 좋아한다
떨어진 나뭇잎은 예쁘지만 줍기 싫다
당신의 굴곡은 무뎌서
우리는 기대거나 서로 껴안고

닳은 신발, 가까운 사람들은 그게 늘 걱정인데
그것이 우리에게
꼭 맞는다는 사실은 모른다
넘어지고 일어서는 일처럼 우리는 금세 닳는다

당신은 생각을 빠뜨렸다 아카시아에, 향기와 가시에
세상이라고 불리는 몸
그것이 감싸 안는 투명한 부피

무릎이 부딪칠 때 우리는
이름이나 얼굴을 익히려 하지 않고

당신에게 머리칼을 잘라주는 어깨
소매는 하얗게 된다
뒷문을 열고 들어오는 긴 계단
주머니에서 열쇠를 꺼낸다

시작하다 멈춰도, 눈이 빠져도
묻지 않고 우리는

두 번째 시월

욕심 없이 과일을 딸 수 있는 날

한 번이면 족할 낙과와 더 많은 낙과
주먹으로 가린 입을 아 벌리는 순간
다른 세상 하나 툭 튀어나온다

씨였다가 눈이었다가 날개가 자랐다가
안 온 날의 몫에서 가져온 며칠
가까워진 시월, 그보다
가까운 일몰

좋아한 적 없고, 누가 그렇단 말 들은 적 없이
많은 숨을 우리는 나눠 가진다
검은 머리는
검은 머리면 족한데

사과는 사과나무를 훨씬 지났다
욕심 없이 과일을 딸 수 있는 날

〉

천천히 명상을 누리는 자들
약국 부동산 사람들 약국 부동산
나란히 앉은
앉은키가 다른 두 여자

발굴

당신은 신문을 읽습니다

한 글자 한 글자 핀셋으로 집어내듯이

양손 모두 주름 가득합니다

굵은 반지를 꼈군요

당신은 신문을 반으로 접습니다

당신은 누군가 양보해준 자리에 앉았고

고맙다는 눈인사를 했습니다

개포동을 지납니다

당신은 신문에서 막 빠져나온 사람

그곳으로 돌아가려는 사람

글자며 숫자 들이 얼굴에 달라붙어 있군요

탁본을 뜨듯이 한 글자씩

신문을 읽습니다

당신의 두 눈과 오전 아홉시 그리고 덜컹거리는

한 개의 공간이 느슨하게 조여집니다

접힌 신문을 한 번 더 접습니다

손등의 검버섯이 울음 번진 눈동자 같군요

문이 닫힙니다

수서역를 떠나고 있군요

청동기 조각을 꿰어 맞추듯 당신은

신문을 읽습니다

세븐일레븐

나는 고양이를 보고
너는 동남아 출신 노동자들을 본다
우리 같이 외국 말을 듣는다

사랑을 나누는 것처럼 다정하게
남자 둘이서
제 몫의 처지와 곤궁을 털어놓는다

달이 뜨고 별이 뜨고
글자도 읽을 수 있는데 우리는
내게도 네게도 뻔한 말

겁쟁이는 시 쓰지 마라
겁쟁이는 쓸쓸함과 싸우지 마라
꼬부라진 안주
니코틴 0.3밀리의 담배

나방을 잡으려는 고양이들의 점프

동남아 출신들 술 마시는 탁자 옆

연애의 필요성을 역설하면서
연애의 불가능성에 동의하면서
남자 둘이서

눈이 쌓이다 눈이 그치다

검은 가루 캐내는 오지의 탄광
곡괭이를 들고
악한 마음으로, 더 악한 마음으로

하얀 것이 의자에 앉는다
입김으로 그의 살을 녹인다
기쁨의 살구나무는 어디 있는가
흘러넘치는 시큼한 수액
마르지 않았는가

사랑은 무릎께로 내려왔다
육식하는 이빨과 허기진 근육들

여기 흰색은 지루하다
개들은 제 발을 핥는다
검은 노파여 동화 속 창밖을 날아라
오지의 탄광
젖은 땅 질퍽거리는 동굴

＞

나는 눈멀지 않는다
가려줄 누더기가 없다
너무 순하지 않은가, 여기는

적당한 때

춤추며 손목 끌던 것들 끝내
나를 버리는가
어떤 생각은 가시가 되고 머리를 풀어헤치고

커다랗게 몸을 부풀린 작은 것의 몸집
시들 것은 꼭 그렇게 시드는데
저녁을 부르면 겁먹은 짐승 한 마리 온다
선인장을 기를 때처럼, 물을 주거나 버려두거나
무엇을 기다린다면
정류장은 무관한 버스들로 꽉 차고

손가락을 명주에 감싸 불태운 사람을 안다
적당한 봄이었는지
그렇게 저녁을 기다린다고 말하면
무서운 짐승 한 마리 온다
송곳니와 빳빳한 눈썹 세워 으르렁거린다
거기 엉긴 적의와 꽃잎들을 나는
하나씩 떼어내야 하는가

〉

배고플 때 허기, 라고 잘라 말하기 망설인다
그렇게 별말 없이
열 번 이상 손가락을 불태우고
선인장을 기르고
다가오는 사랑은 끝내 지켜보고

천안에서 안양까지

파란 제복의 노인이 휴지통을 비운다
일곱시 십오분 기차는 곧 도착한다

한 여자가 반지를 낀 하얀 손가락으로 머리칼을 넘긴
다, 한 여자가 반지를 낀 하얀 손가락으로 머리칼을 넘기
며 노란 선 안쪽으로 한 걸음 물러선다
계속 도착한다

기차는 2분 전에 온다
승객이 된 우리는 주름을 나눠 가진다
옆자리 여자는 발끝을 모은다
눈을 감는다
우리는 잠시 도착한다

이가 하얀 아이들이 좋아하는 수요일
중국인의 억양으로 김춘수를 읽는 학생에게
櫻草의 약자를 묻고, 그렇지
그래 너무 일찍 나왔어 9분쯤 10분쯤

터널과 철교를 지나
우리는 조금 더 도착한다

농담을 한다 우리는 턱을 괴고
산들은 꺼칠한 윤곽으로 점점 멀어서
창밖이나 등 뒤
일곱시 십오분 기차는 바보같이
더 가고 싶었던 건지 몰라

반신반의와 지체遲滯와 꼭 다음 수요일
천안에서 안양까지
이가 하얀 아이들의 다음 수요일
틀림없는 일곱시 십오분

4부

스프링클러

더듬거리는 말투여서
다 자라도 그리 크지 않아서
뿔뿔이 흩어져 혼자이려는 마음과 말을
횡설수설하는 맑은 소심을
미리 알던 일이라 조금 서두르는 느낌으로
주고받는 거절 아니라면 완곡한 충고
혼잣말이라면 모를까

물의 풀포기들을 귀 뒤로 넘길 뿐
발목을 보려는 듯 당신은 고개를 숙인다
어기고 싶은 불운 없이
꿰뚫고 벗은 살덩이 하나 없이
어떤 날, 생각이 놓아준 구부러진 머리칼을
풀밭에서 집어낸다
당연한 결말이야 일어서려는데

끝없는 제국

당신의 끝없는 제국

배고픈 풋내기들 암컷을 찾아 날뛰고

낙오한 사자는 갈기 세워 제 어깨를 물어뜯는

당신의 제국은 핏내 나는 땅

모래언덕과 범람의 제국

땅 위를 짓누르는 열기와 모든 무거운 열기와

땅 위를 걷는 물길의 암내

당신은 음탕한 제국 가면을 쓴 동굴

새카맣게 윤기 흐르는 담비와 고양이의 땅

불 피울 것을 모으는 숲의 겨울같이

당신 발끝에 이마를 대고

추방되는 자는 꼭 당신에게 추방되었다는 기쁨으로

혹한에 들끓는 식민지의 가난

회초리를 든 나신裸身

당신의 전능한 웃음 전능한 형벌 전능한 그리움

지나치게 잦은 홍수를 불평하며

세간을 말리듯이 때맞춰 신나는 일인 듯이

입술에 물린 더 잦은 기갈

집요

10시의 목마가 눈썹 찌푸려
우리는 피로하구나
단풍나무 줄지어 선 낮은 담에 앉아
눈을 감는다

고삐 매어진 생의 안락
술 한 병씩 들고
오지 않은 일의 사라짐을 위로하며
타닥타닥 벽에 발을 부딪친다

누가 들을 것인가, 우리는 때때로 불평하고
공원은 구석까지 검은 머리칼을 널어
다음 날 내놓을 몸을 가꾼다

우연한 잡담과 틀림없는 지체遲滯 사이
바쁜 무리들
차마 못 할 일처럼 집으로 돌아간다

입을 다문다 우리는 눈치 빠르게
10시의 목마 배 속에서 쏟아져 나오는
성실한 죽음에 귀 기울여 우리는
무엇엔가 조심스럽다

적막이구나, 이 집요한 것이
벗어놓은 신발을 발끝으로 더듬어 신는다
술 한 병씩 들고
가까스로 우리 조금 더 서두르는

저녁의 新婦 1

해는 낮아져
담배 연기로 가릴 수 있구나, 저 붉은 것에게
고맙다고 말할까

우리가 고려했던 선의의 목록이 있고
손금에서 모래를 골라내는 일꾼들의 품삯이
속임수 없이 나누어진다

옆 사람의 뺨에서 쏟아내리는 더운 이삼 초

몇 글자 공책에 옮겨 적던 아이는 두꺼운 책을 덮고
일어서 창문을 톡톡 두드린다

안녕, 아침의 까마귀
안녕, 오후의 이른 초저녁
안녕, 쫓기는 신부여

저녁의 新婦 2

史記를 읽으려 우리는 형광등 아래 모인다

의심으로 증명하는 노을은 꽤 예뻐서
한 번의 걸음으로 行人은 여러 번을 주춤거리고

가시들은 정말 잎이었을까
세상은 자꾸 붉어지고
나는 어떤 징그러운 것을 본 느낌인데

옆모습을 창에 비치며 누가 복도를 지나간다

저녁의 신부여
어깨 위 속옷의 검은 끈을 조금
더 드러내도 좋겠다

저녁의 新婦 3

여장으로 여자가 되려는 사내아이를 안다

그곳엔 기억이 없어서
서두른다 너는 꼭 서둘러야 하는 듯이

살아본 적 없는 집과
기른 적 없는 나무의 추위 아래 이제 거의
쓰이지 않는 글자를 배우려는 듯이

들소와 사슴 달리는 동굴, 꺼끌꺼끌한 표면

저녁의 신부여
눈 없는 화공은 춤을 그리고

저녁의 新婦 4

신호등 아래 너는 나와 모르는 저녁

마주친다 우리는
너에게서 나가려는 그들 가운데

술값은 반땅 외치는 취객
불을 켜는 가게들 자랑과 고백들
그곳은 소리 없는 세상 같아서

들었던 모든 것을 보는 듯이 기억하는 사람

저녁의 신부여
그것은 어쩌면 까닭을 묻는 말

저녁의 新婦 5

이런 날은 살기 좋은 날

멀리 갔다면
돌아오기 좋은 날

석류를 반으로 갈라 붉은빛 씨를 꺼낸다
싱겁게 절인 채소를 물에 씻어 건져놓고

애초부터 오후였던 것같이
　버드나무와 오토바이의 오후 테이블과 시끄러운 개들
의 오후 검은 휘장과 백치의 오후

　팔짱 낀 농부와 발정기의 가축들

　저녁의 신부여
　모두 낯익어 돌아가지 않아도 좋은 날

저녁의 新婦 6

넝쿨은 구애 같아서 뻗을 때마다 더 멀다

파리 한 마리 주위를 맴돈다
그의 감각은 예민하지만
나는 이마에
아버지의 칠십여 세를 아주 깊이 숨겼다

흙으로 빚은 자들은 흙빛을 싫어해서
아침마다 얼굴을 지우고

입술 붉은 유부녀와 오입쟁이 춤꾼들

저녁의 신부여
당신이 아니라면 없어도 좋은 일들

젖을 빠는 동물

24시간, 비가 도시를 빠져나간다
돌아가야 한다

너는 포유류, 젖을 빠는 동물
입술의 습기로 어미를 기억하는 너는
돌아가야 한다

비는 어깨에 내려앉지 않고
훨훨 날아가지 않고
입술이 젖는다 너는
들뜬다 쫓긴다 차도를 뛰어
건넌다

여러 개의 물방울 사이로
너는 돌아가야 한다

24시간은 비로 채워진다
놀이터는 혼돈을 되찾고

비의 몸을 빌려 너는 무엇을 계속 낳는다
동그란 것과 네모난 것을 반씩 닮았다

너를 먹인다 입술을 맞대고
2016년 초겨울
너는 네 손으로 24시간을 빠져나온다
네 발로 24시간을 쫓겨 나온다

가장 작은 식사

사라진다, 사라지며 너는 또 저녁을 만든다
만들다 없고
너는 더 많은 저녁

너를 데리고 식사를 준비한다
네가 있던 저녁으로 저녁을 불러 모은다
식욕이 없어
하나쯤 아직 저녁이 아니다

입을 오므리지 않고 휘파람 부는 친구를 안다
지금은 다른 나라에 있다
그곳은 나도 그도 가본 적 없는 곳

육식으로만 차려진 식탁
턱뼈가 턱뼈를 악무는 식사

저녁이 저녁을 끄집어낸다
저녁을 차려놓는다

슬픈 방에도 식사는 필요하다

둘 중 하나는 식욕이 없는 방

뗏목 신호등 불빛 택시 공항 활주로 창 아래

모두 데리고 오니 배고프지 않다

없다 배고프지 않다

젊은 도공

그곳도 이러했을 것이다

벚꽃이 피고, 늦게 돌아와 바쁜 듯이
늘 벚꽃이 지고

도원을 나온 아기 새들은 色 없는 길을 건너고
어미는 가까이 온 저녁의 머릿결을
뉘엿뉘엿 빗겨 내린다

손가락 구부려 표정을 만드는 가인
당신은 너무 늙어 애인이 되고

늦었는가 끝났는가 벚꽃이라지 않은가

물 한 줌 길어 올리는 일에 숨찬 저녁
서너 군데 뼈가 불거진 손을 잡고 온다
古代의 벽화 속으로 당신이 멈춘다

〉

노래 한 곡 바쳐도 괜찮겠는가
어떤 도리로 나는 잠이 부르는 휘파람을 귀 막을 텐가
저녁의 물속에서 손을 닦는 절름발이 도공
그릇 한 개 꺼내놓고 식사를 준비한다

나는 말했습니다, 골백번 말하지 않았습니까
당신이 데려온 자들은 도끼를 숨기고 있었습니다
악한 자들도 봄에는 아름다운 일을 해야죠

그곳도 이러했을 것이다
벚꽃이 피고 늘 벚꽃이 지고

늦었는가 끝났는가 저것은 벚꽃이지 않은가

악한 자들은 피 흐르는 손으로 바닥을 쓸어 담고
다시 쓰일 것들은 물속으로 백 년
기다리지 않아 가루같이 벚꽃

화해의 시간

술이 깰 때
팔다리는 센티미터 단위로 조금씩 잘려나간다
얼굴을 보고 싶댔지 누가
알몸을 보여달라 그랬나

나방과 벌레들이
一家로 모여 사는 종이 쌀가마
물을 부어 씻어낸다
지금부터 끓이려는 두 컵의 흰 쌀밥

혼자 맺는 약속은 약속이 아닌가
끊겠다면 끊어야지 하려면 그냥 해야지
쟁쟁거리는 밥솥

술과 담배는 해롭다
과일과 야채는 몸에 이롭다 정말 좋다
좋지만 오래 지닐 수 없는 것
나방이 되어야지 등이 갈라지는걸

〉

아침이 온다
냉장고 열어 시체들을 확인한다
냉장고를 닫고 아침이 온다

뭉쳐진 이불은 돌아누운 알몸 같다
술이 깨는 동안
부글부글 끓는 두 컵의 흰 쌀밥

한 장의 평화

참외를 깎는 그늘의 여자는
몇 조각으로 가른 하나를 아이의 입에 넣는다

이곳과 저곳, 햇빛은 그늘을 풀어주고

나무 몇 그루가 드문드문 모은 바닥
무릎에 깔고
풀, 풀잎, 여자는 웃음을 입술에 문다

하얀 밀떡을 두 손으로 들어 보이는 사제

이것은 당신의 몸
이것은 당신의 피

깨뜨리지 않으면서 깨뜨리지 않을 거면서
조각조각 이어 붙인 한 장의 평화

해 설

우리는 조금 더 도착한다

오연경 / 문학평론가

임곤택은 도시의 산책자다. 그러나 그는 단지 도시의 거리와 풍경을 관찰하는 자가 아니라 낱낱의 걸음으로 촘촘하게 도시를 만드는 자, 시작도 끝도 없는 순간의 걸음에 모든 것을 맡겨 도시의 리듬을 체현하는 자, 부딪치고 막히고 멈추고 끌려가고 추방되고 되돌아오는 산책의 일과 속에서만 무언가를 얻어낼 수 있다고 믿는 자, 그리하여 저 지루하고도 까다로운 산책의 리듬이 일상의 리듬, 존재의 리듬, 시의 리듬이라는 것을 증명하기 위하여 아직 오지 않은 다음 걸음을 계속하려는 자다. 걷지 않으면 볼 수도, 들을 수도, 기억할 수도 없다는 듯이, 마치 걷는 발끝의 움직임만이 모든 감각의 원천인 것처럼, 그러나 어떤 요란한 포즈가 아니라 오직 이번 생을 견인하는 충실한 삶의 태도로, 그는 반복되는 산책의 궤도 속에서 결코 반복되지 않을 순간의 음표들을 찾아 고유한 음가를 연주해낸다. 그의 시는 일상이라는 거대한 악보가 영원한 도돌이표에 속박되어 있을지라도 지금-여기의 한 걸음이 튕겨내는 현의 떨림은 매 순간의 도시의 얼굴을 새롭게 빚어낸다는 것을 보여준다.

임곤택의 시에서 '걷기'는 반복이라는 삶의 허무를 되살아내는 일상의 절차일 뿐만 아니라, 시의 고유한 문법과 스타일을 구축하고 변주하는 물적 토대가 된다. 걷는다는 것은 늘 이동 중이고 떠나는 중인 상태, 시작도 끝도 없이 지나가는 중인 상태이지만, 그러나 달리 말하면 가까스로 도착 중이고 계속 도착 중인 사건, 그치지 않는 반복 속에서 끊임없이 도래하는 변화의 순간들을 마주하는 사건이기도 하다. 임곤택의 시는 도착이자 떠남이고 멈춤이자 이동인, 순간이자 지속이고 반복이자 변화인 저 걷기의 완급을 일상의 리듬으로, 존재의 리듬으로, 문장의 리듬으로 이전시킨다. 그의 시를 따라 골목과 정류장과 마트, 후미진 방과 낡은 벤치, 나무 그늘 아래 창문과 계단을 지날 때, 문득 늘 익숙했던 그곳의 숨겨진 어딘가에 발끝이 닿아 있다는 것을 깨닫게 되는 것은 바로 저 리듬 때문이다. 그가 "견딜 만하지만 / 변주가 필요해"(「펜타토닉」)라고 말할 때, 그가 변주하려는 리듬에는 오래 걸은 자의 절박한 피로와 더 걸으려는 자의 신성한 다짐이 담겨 있다. 임곤택의 시는 아주 미묘하고 거의 눈에 띄지 않는 작고 조심스런 발걸음으로, 그러나 닿을 수 없는 허공을 빚어 올리는 정교한 매만짐으로 도시의 산책을 변주한다. 이 변주의 리듬을 타고 우리는 지체와 기다림과 예정과 기억과 피로와 허무와 사랑과 위로의 도시, 그 도시의 쓸쓸한 살기와 까다로운 풍경에 '조금 더' 도착한다.

1. 반복

임곤택의 시에는 늘 반복이라는 테마가 짙게 깔려 있다. 반복은 무심하게 되풀이되는 삶의 저 끈덕진 구애와 추방, 내밀었던 손을 다시 거두는 운명의 잔인한 손사래에 대한 재현이자, 그 재현의 그림자가 길게 드리우는 허무의 주조음이기도 하다. 일상은 버스 노선처럼, 버스 창밖으로 흘러가는 풍경처럼 반복되고 순환한다. "정류장 둘쯤마다 학교는 하나씩 있고 / 사과를 팔던 여자는 / 그물망에 든 오렌지를"(「그곳은 늘」) 파는 도시. 멀리서 바라보면 꼭 일어날 일이 틀림없이 일어나거나 아무 일도 일어나지 않는다. 해가 뜨면 "밤새 뱉어놓은 / 한 줌의 압정", 해가 지면 "적당하지 않은 피로"(「꽉 찬, 가득한」)만이 가득한 그곳에서 아침은 아침대로 자기 차례의 것을 돌려받고, 내일은 자정으로부터 다시 자정을 물려받는다. 임곤택의 시 곳곳에서 우리는 이처럼 잔인할 정도로

건조하게 묘사된 일상의 반복을 목격하며, 모래 알갱이처럼
씹히는 일상이라는 허무가 입안에서 서걱거리는 것을 느끼
게 된다.

　집 앞에서 멈추는 버스를
　집 앞에서 출발하는 버스를

　아이들은 낱낱이 엄마를 닮고
　버스 안에는
　노랑 풍선이 뒤엉켜 있네

　주인이 정해진 땅과 염소들
　정거장을 지나며 모은 나의 古代에는
　동화는 없고

　지금 이것과
　똑같은 버스가 창밖으로 보이네
　전속력으로 달리며 천천히 뒤처지는
　저 안에도 아이들이 잠들고
　엄마들이 따라 잠들고

　기대 없이 기억 없이 오직
　진군하는 순간의 황홀

　버스 안의 평화보다
　바깥의 속도를 나는 더 믿네

믿고 싶어지네

—「돌아가는, 되돌아가는」 전문

버스는 집 앞에서 멈추고 집 앞에서 출발하고, 정류장 맞은 편에는 틀림없이 정류장이 있고, 창밖으로는 내가 탄 것과 똑같은 버스가 지나가고, 여기와 마찬가지로 그곳에도 낱낱이 엄마를 닮은 아이들이 잠들어 있다. 이 단조롭고 지루한, 지루해서 평화로운 풍경에는 전 생애를 전속력으로 되감는 불안한 적막이 깃들어 있다. 버스의 궤도, 하루의 궤도, 당신의 인생과 나의 인생에 겹쳐지는 반복의 궤도는 기계처럼 자동으로 돌아가는 것이 아니라 "전속력으로 달리며 천천히 뒤처지는" 안타까운 안간힘으로 지속되는 것이다. 임곤택의 시선을 붙드는 것은 일상의 수레바퀴를 돌리는 바로 저 거짓말 같은 안간힘, 적의와 사랑으로 뭉쳐진 존재의 허기, 결코 허무라는 추상적 관념으로 환원되지 않는 혼곤한 식욕과 근육들이다. 아침이면 몸을 일으켜 세우고 숟가락을 들게 하고 신발을 찾아 신고 나가게 하는 저 어이없고 틀림없는 반복의 소용돌이 속에서 그는 "기대 없이 기억 없이 오직 / 진군하는 순간의 황홀", 과거도 미래도 없는 지금-여기의 지나감 자체에 집중한다. 그것은 오직 지금 막 내딛는 이 순간의 한 걸음밖에 없다는 완강한 몰입, "버스 안의 평화보다 / 바깥의 속도를"

믿고 싶은, 그러니까 삶의 내용보다는 삶의 진군 그 자체를 믿고 가겠다는 단호한 허기다. 그렇게 "내가 견디면 영영 나를 포기할 세상"(「Boogie Street」)에서, 내일은 없을 것 같은 너무 긴 하루의 한가운데서 시인은 저 "바깥의 속도"를 견디고, 제 자신을 포기하고 조금은 용서하고, 그리하여 "한 일 년 끄떡없다"(「Boogie Street」)는 생각으로 스스로를 다독이면서, 뜨거워지고 다시 뜨거워지는 것이다.

2. 사이

그러나 일상이 버스 노선처럼 거의 변하지 않는 궤도 위에서 돌고 도는 것처럼 보인다 해서 삶이 곧 단순해지거나 한 손에 그러모아지는 것은 아니다. 임곤택은 "버스는 증명하기 어렵다 / 버스 기사의 동작은 거의 변하지 않고 / 어둡다 많다 / 구분할 수 없다"(「버스 증명」)고 말한다. 반복되는 것처럼 보이는 지루한 일상 속에는 여전히 까다롭고 미심쩍은 순간들, 어둡고 많고 구분할 수 없는 순간들이 켜켜이 쟁여 있다.

이런 때를 잘 잡아야 해
비가 그치면서, 해가 질 때
사람과 집들이
수천 개의 유리잔으로 보일 때

그리고 우리 며칠 만에 웃어보는지
붐비지 않아 다행이구나
부딪히다 보면 아무 데서나 멈추게 되거든

구름은 빠르고 으스스 추워지는 때 있지
한 손은 주머니 속에서 축축해지고
다른 손으로는 가방을 꼭 쥔

셔터를 누르기 전에 한 번 더 살펴봐
보이는 곳에서
보이지 않게 되는 곳까지
세상과
더는 세상이 아닌 곳

구름 걷히면서 해가 질 때
하늘과 지붕은 물웅덩이에 맞닿아 출렁거리고
신호를 기다리는 자동차들 일제히
공중으로 날아오를 찰나

한 프레임 전체가 커다란
공백이거나
아주 작은 공백들

─「뷰파인더」 전문

임곤택은 되풀이처럼 보이는 일상의 흐름을 칼로 쳐내 순간의 단면을 잡아낸다. 그는 거대한 도시의 틈새와 균열마다 숨겨져 있는 미지의 공백을, 한 순간에서 다음 순간으로 건너가는 사이의 무수히 꽉 찬 공백을 정밀하고도 신중한 손길로 빚어낸다. 그의 뷰파인더가 "보이는 곳에서 / 보이지 않게 되는 곳까지" 한 프레임을 잡아낼 때, 거기에는 "세상과 / 더는 세상이 아닌 곳", 그것과 직면하는 찰나의 숭고한 감정이 순간적으로 얼굴을 드러내 보인다. 그러니까 "이런 때를 잘 잡아야 해"라는 다짐은 흘러가는 것들 사이에서 흘러가지 않는 것, 보이는 것들 사이에서 보이지 않는 것, 말해진 것들 사이에서 말해지지 않은 것, 붐비는 것들 사이에서 적막한 것, 낯익은 것들 사이에서 서늘하게 무서운 것을 포착하겠다는 산책의 집중된 힘이자 시 쓰기의 태도인 것이다. "커다란 / 공백이거나 / 아주 작은 공백들"인 일상의 풍경은 집요하게 바라볼수록 넓어져서 모르는 것, 알 수 없는 것, 다른 것들이 들어설 사이를 열어 보인다. 그러니까 그가 포착하는 "이런 때"는 지루한 덩어리로 뭉쳐져 있던 일상이 비눗방울 같은 작은 사이들로 쪼개져 클로즈업되는 순간들, 반복의 예감이 알 수 없는 의욕으로 변주되는 순간, 예기치 못한 표정이나 감정이 도래하는 순간, 어둡고 많고 구분할 수 없는 일상이 선명한 시의 리듬으로 고양되는 순간이다.

이번 시집에는 연속적인 시간의 한가운데를 날카롭게 끊어낸 '이런 때'들이 곳곳에 박혀 있다. 이는 한 음 한 음 또렷

하게 끊는 듯이 연주하라는 스타카토처럼 평범하고 지루한
일상의 한 순간에 경쾌한 변주를 위한 방점을 찍어놓는다.

까다로운 풍경을 지나
미심쩍은 아침을 지나
이곳은 곧 그곳이 될 거야, 그곳이 이러했듯이
당신이 말할 때

커피를 뽑으려 멈춘 두 사람
주름이 많은 쪽과 먼지같이 웃는 쪽
―「그때」부분

꼭 일어날 일은 그도 어쩔 수 없어서
사과를 먹다 왜 벚꽃 만발한 가로수 길을 떠올렸는지
우린 왜 조금 늦거나 너무 빠른지
물었을 때, 그의 자세는 오므린 입술이거나
하얀 귀

―「동작」부분

어떤 말들이 던져진 순간, 그것이 일으킨 작고 섬세한 파문
이 새겨지는 순간이 '때'라는 한 지점에 오목하게 고인다. "이
곳은 곧 그곳이 될 거야"라고 말할 때, "우린 왜 조금 늦거나
너무 빠른지" 물을 때, 돌올하게 방점을 찍어놓은 저 발화의
순간에 어떤 감정과 생각이, 어떤 자세와 표정이, 특정한 하

나의 의미나 감정으로 고정되지 않는 미지의 '사이'를 넓게 열어놓는다. "보이는 곳에서 / 보이지 않게 되는 곳까지"(「뷰 파인더」), "집으로부터 집까지"(「집 찾기 놀이」), "12시에서 13 시"(「12시에서 13시」)까지, "천안에서 안양까지"(「천안에서 안양 까지」), "9월에서 시월"(「9월에서 시월」)까지 쪼개고 벌려 틈을 열어놓은 사이의 시간과 사이의 공간에서 "도시는 수천 장 복 사되고"(「12시에서 13시」) 도시는 수천 번 다시 태어난다. 그렇 게 임곤택은 "너무 멀거나 턱밑처럼 가깝지는 않은 곳 / 걸음 사이로 / 촘촘하게 도시인 저녁"(「무관한 대면」)을 한 장씩 빚 어내고, "그래야 해서 꼭 그러는 것처럼 / 발끝을 보는 사이" (「그곳은 늘」) 다시 한 장씩 그것을 버린다. 그러니까 그의 산책 은 멈췄다가 재개하는 한 걸음 한 걸음으로 점유하고, 보내 고, 그렇게 맞이하는 매 순간의 도시, "엽총을 한 번 쏘고, 종 이 한 장을"(「12시에서 13시」) 버리듯이 지루한 예감을 정지시 키고 순간의 황홀을 포획하는 저 시라는 말의 운동인 것이다.

3. 동작

순간을 포착하는 시선은 시간과 공간의 사이에만 머무는 것 이 아니다. 움직임에서 움직임으로, 표정에서 표정으로, 상태 에서 상태로 옮겨가는 찰나에 시선이 닿으면, 그때부터 "손가락을 길러 몸을 빚기 시작"(「모퉁이 돌면」)하는 육체가 있다. "몸의 흰 지면(紙面) 전체로 들어"(「연착」)와 믿을 수 없는 의욕을 새겨 넣고 다음 동작을 부추기는 순간이 있다. 임곤택은 무언가를 솟구쳐 올리는 저 동작의 순간에서 아직 오지 않은 날들의 몸을 발굴한다.

어둠이 내리고 비가 내리고 들었던 팔다리를
내리고, 이런 말들로 우리는 남김없이 표현되었다

일치하고 있었다
발, 디딘 곳과 빗방울 그리고
나머지 물기와 어둠

어두운데 정말 잘 보이네, 대답했다
한 걸음씩 옮겨졌다
약동 진입 거부 탈출의 동작으로
몸의 水深이 계속 채워졌다

—「대화의 일치」 부분

그가 묻고 내가 대답하는 사이 길게 놓인 침묵의 한가운데서 몸의 대화가 이루어진다. 어둠, 비, 그리고 함께 걷고 있는 당신과 나의 팔다리가 '내리다'라는 동작으로 일치할 때, 흩어져 있던 몸들, 초조하게 타진하던 몸들, 각자의 몫으로 타

오르던 몸들이 "약동 진입 거부 탈출의 동작"으로 일제히 빨려 들어간다. 임곤택은 한 순간에서 다음 순간으로, 한 존재에서 다음 존재로 옮겨가는 몸의 자세에서 막 무언가가 되려는, 어딘가에 도착하려는, 계속 채워지려는, 더 자명해지려는 밀도를 읽어낸다. 이번 시집의 문장 곳곳에 곧 일어나려는 변화의 상태나 막 개시하려는 동작의 순간을 나타내는 연결어미 '~려'가 파편처럼 흩어져 있는 이유도 여기에 있다. 가령 "커피를 뽑으려 멈춘 두 사람"(「그때」), "안내자가 되려는 / 길거나 짧은 것"(「집 찾기 놀이」), "집이 되려는 모든 바닥"(「집 찾기 놀이」), "흙으로 바람으로 분명해지려는 나"(「잎 잎들 소리 소리들 2」), "더 걸으려는 자들"(「9월에서 시월」), "뿔뿔이 흩어져 혼자이려는 마음과 말"(「스프링클러」), "여장으로 여자가 되려는 사내아이"(「저녁의 新婦 3」) 등의 시구에 조심스럽게 박혀 있는 연결어미 '~려'는 거짓말처럼 솟아나는 의욕, 곧 일어날 것 같은 변화를 드러내고 있지만, 그 아래에는 "턱뼈가 턱뼈를 악무는"(「가장 작은 식사」) 안간힘의 그림자가 드리워 있다.

그러니 저 안간힘의 동작을 한 번쯤 변주해볼 일이다. 임곤택은 문득 알 수 없는 활기를 끌어모아 제 자신에게 없는 몸을 가져보자고, 불가능한 몸의 자세를 가져보자고 말한다.

늑대의 박제를 가져보자
내 옷을 엉망으로 만든 수선집 주인은 눈을 피한다

늑대의 웃음을 가져보자
그것은 강철 웃음
기관차 동전 해머를 녹여 만든 웃음

(중략)

동물원에 가자
사탕을 녹여 먹는 마음으로
쓸쓸한 살기를 가져보자
꽉 물어야 할 때
닥치는 대로 믿고 싶을 때

—「적당하지 않은 때」부분

　"늑대의 웃음", "강철 웃음", "기관차 동전 해머를 녹여 만든 웃음"은 나에게 없는 것, 그러나 호기롭게 가져보고 싶은 것이다. "꽉 물어야 할 때 / 닥치는 대로 믿고 싶을 때", 그러니까 안간힘도 부족하고 가릴 것 없이 절박한 그런 때가 있다면, 적어도 "늑대의 박제"라도 가져봐야 하지 않겠는가, "쓸쓸한 살기"라도 가져봐야 하지 않겠는가. 임곤택은 "커다랗게 몸을 부풀린 작은 것의 몸집"으로 제 안의 "겁먹은 짐승 한 마리"(「적당한 때」)를 불러내야 한다고 말한다. 인생의 당연한 결말과 어김없는 연착과 뻔한 피로에도 불구하고 무언가를 기다려야 한다면, 늘 적당하거나 적당하지 않은 때에 허기가 찾아온다면, 우리에게 필요한 것은 끝내 되어보려는, 되어보자는 순간의 동작들, 그것들로 한 걸음씩 채워가는 몸의 수심일 것이다.

4. 리듬

임곤택의 시가 우리를 그의 반복되는 산책으로, 그의 시선이 머무는 도시 구석구석으로, 그의 말들이 열어 보이는 어떤 순간으로 끌어당기는 힘은 무엇보다도 저 매혹적인 리듬에서 나온다. 그의 문장은 잘 조율된 악기처럼 정밀한 긴장감을 품고 있지만, 그것이 연주되기 시작하면 의외의 빈자리들이 생겨나면서 예기치 못했던 울림과 돌연한 의미가 만들어진다. 이것의 독특함은 오히려 문장 안에 쓰이지 않은 것, 그러니까 비워두거나 일부러 생략된 자리, 다른 것으로 대치되거나 종결된 자리에서 리듬과 의미가 생성된다는 데 있다.

사그락사그락 소리 난다
쿵쾅쿵쾅 이렇게 소리 내고 싶은 듯이

어떤 모험이든 더 들으려는 女子와
모든 나라의 흙을 담아 온 兵士는
못 참을 것 같아 그러는 듯이

女子와 兵士의 집중은 부주의해서
발자국처럼
발자국처럼 뜻 없이
냉랭한 도시를 얻어 가는 참새들

그건 아니지, 그럴 수는 없어 라고 말했지
그렇게 되었어, 그렇게 될 것이었어 라고
말했지

사랑이거나 징벌인 듯이
서로에게 일으킨 반란인 듯이

꽃이면 꽃, 눈송이면 눈송이, 시는 詩여서
아무것도 아닌 날
겨울의 마음처럼 지금의 여름도 아무 일 없는 날
그들의 소리는 물소의 살을 찢는 사자 같아서

지루해도 우리는
군화 같은 거 말고는

—「잎 잎들 소리 소리들」 전문

이번 시집에는 유난히 직유 구문이 자주 보인다. 그런데 비유의 외양을 띤 문장들에서 원관념은 종종 사라지거나 희미하게 지워져 있다. 그렇게 무언가를 빗대어 표현하기 위한 구문들만 남고 그것들이 지시하는 대상이 생략되면, "짚이는 것은 있는데 아무것도 확인할 수 없는 / 푹신한 저항"(「양들은 낙엽을 타고 온다」), 그러니까 의미는 고정되지 않은 채 의미화 작용만 계속 일어나는 기이한 지연 효과가 발생한다. 가령 1연의 "쿵쾅쿵쾅 이렇게 소리 내고 싶은 듯이"는 "사그락사그락 소리"를 빗대어 표현한 정상적인 직유 구문으로 작동하고 있지만, 2연의 "못 참을 것 같아 그러는 듯이"에는 그것이 비유하려는 여자와 병사 사이의 어떤 암시된 행위가 생략되어 있다. 5연은 아예 대상 없는 직유만으로 독립된 한 연을 이루고 있다. 그런데 시 전체를 읽고 나면 '~듯이', '~처럼', '~ 같이'를 변주하며 축적된 구문들이 정작 말하려는 대상 혹은 감정 자체는 감춰둔 채로 그것들의 언저리를 톡톡 두드리면서 울림과 파장을 점층적으로 생성해내고 있다는 것을 알게 된다. 그러니까 '잎 잎들 소리 소리들'이라는 제목의 리듬처럼 어떤 움직임과 어떤 소리들의 감각이 단어에서 다음 단어로, 문장에서 다음 문장으로 감염되면서 커다란 공백을 가운데 두고 촘촘한 바깥을 형성해내는 것이다. 이 공백의 한가운데에 "아무것도 아닌 날", "아무 일 없는 날"의 정밀한 감각이, 비워지고 공허해지면서 꽉 채워지는 리듬의 사건이 자리하고 있다.

이처럼 임곤택이 직유를 구사하는 방식은 유사성을 통해 의미를 선명하게 채색하는 것이 아니라, 경계선을 부드럽게 퍼트리는 스푸마토 기법처럼 그런 것 같기도 하고 아닌 것 같기도 한 불확정적 상태로 의미가 번져나가게 만든다. "배고플 때 허기, 라고 잘라 말하기 망설인다"(「적당한 때」)는 그의 말처럼, 무언가를 단언하고 확정하기를 꺼리는 데에 임곤택 시인의 삶의 염결성과 언어에 대한 태도와 미학적 판단이 서려 있다. 그의 시에서 어떤 대상에 정도의 뜻을 더해주는 '쯤'이나 무언가를 어림잡아 말하는 '한', 대략의 방향을 설정하는 '쪽', 그리고 '두엇'이나 '서너' 등의 선택적 수량이 자주 쓰이는 이유도 여기에 있을 것이다. 또한 그의 시에 활달한 리듬감을 더해주는 선택 구문의 독특한 사용, 가령 "조금 늦거나 너무 빠른"(「동작」), "죽었거나 / 살아 있는"(「집 찾기 놀이」), "사랑이거나 징벌인"(「잎 잎들 소리 소리들」), "너무 멀거나 턱밑처럼 가깝지는 않은"(「무관한 대면」) 등의 표현에도 어느 쪽이든 선택될 수 있다는, 무엇이어도 상관없다는 태도, 그러나 양쪽의 의미가 충돌하고 겹치고 스미는 사이에 또 다른 의미의 가능성이 피어나게 하는 은밀한 배치가 숨겨져 있다. 이처럼 비우고 생략하고 대체하고 멈추는 자리에서, 주저하고 머뭇거리고 감추고 물러나는 방식으로 끝없이 지연되는 의미들의 뒷걸음질을 따라 형성되는 임곤택 시의 리듬은 허무와 안간힘과 집요함이 단단한 물질성을 입고 들어서는 의미의 자리이다.

　　'하루에 세 번 삼킬 것' 봉지 뒷면에

그려진 악보 한 장

Tin Pan Ally, 빨간색 흰색 알약들

신호등을 건널 것인지 남반구의 겨울로 떠날 것인지

견딜 만하지만

변주가 필요해

스무 번째 바람 맞은 애인이, 이제 그만해

말했을 때 나의 대답은

도레미솔라

시작도 끝도 없이

도레미솔라

— 「펜타토닉」 부분

시인은 "하루 세 번 삼킬 것"이라는 복용법에 따라 저 반복
되는 일상의 지루함과 고통을 하나씩 삼켜낼 것이며, 그 일
상의 뒷면에 "시작도 끝도 없이 / 도레미솔라", 계속 변주되
는 악보를 그려 넣을 것이며, 미심쩍은 아침과 이글거리는 한
낮과 모르는 저녁을 블루스의 리듬에 얹어놓을 것이며, 그래
야 해서 꼭 그러는 것처럼 모른 척 고개를 숙인 채 발끝을 보
며 계속 걸어갈 것이다. 이것은 끝나지 않는 노래, 영원히 되
돌아오는 노래, 멈춘 자리에서 다시 시작되는 노래이다. 그의

시가 대개 다섯 개에서 열 개 이내의 연으로 구성된 일정한 길이 안에서 각 행의 길이를 늘였다 줄였다 하면서 돌연한 정지와 아슬아슬한 연결, 문득 솟구치는 강세와 잠잠해지는 템포로 출렁거릴 때, 일상의 삶과 피로, 사랑과 기쁨, 식욕과 허기, 기다림과 지체, 정류장과 살구나무, 아침과 저녁은 추상적 관념으로 함몰되기 쉬운 저 허무의 감각을 낱낱이 껴입은 채 돌처럼 단단한 얼굴을 하고 우리에게 도착한다. 시의 리듬은 약봉지 뒤에 그려진 악보처럼 자명하고 물질적인 것, 삶의 가장 가까운 곳에서 몸을 들어 올리는, 그리하여 삶을 견디게 하는 것이다. 이것이야말로 임곤택이 "깨뜨리지 않으면서 깨뜨리지 않을 거면서 / 조각조각 이어 붙인 한 장의 평화"(「한 장의 평화」), 허무의 파편들로 지어 올린 시의 블루스다.

5. 당신

모든 것은, 그러니까 그치지 않는 당신 때문이다.

당신은 그치지 않고
나는 죄인처럼 초조했으니

당신은 어떤 달변으로 자꾸 잎인지
어떤 밤에 길들어 그치지 않는지

귀와 종소리의 거울
바람과 야경꾼의 거울

흙으로 바람으로 분명해지려는 나는
당신으로 무덤을 지키듯 편안할는지

부스럭거리는 신음의 첩첩산중
당신은 몸도 마음도 아닌 나락을 열어 보여
당신의 소리로는 한마디 꿈꿀 수 없으니

한두 걸음으로 피로한
나는 당신의 물음에 답할 수 없으니
되도록 많은 그림자를 끌고 세상을 건너려는
당신의 속내 다 셀 수 없으니

당신은 어떤 아침에 밝아 자꾸 잎인지
그치지 않는지
흙으로 바람으로 분명해지려는 나는
귀 막은 듯 편안할는지

— 「잎 잎들 소리 소리들 2」 부분

당신은 지나가는 자, 그치지 않는 자, 나에게 질문을 던지
고 초조하게 만드는 자, 그러나 알아들을 수 없는 자, 그러니
까 영원히 나에게 미지의 타자로 남아 되돌아오는 자, 그렇게
나를 살게 하는 자이자 죽게 하는 자다. 이 시에서 아름답고

쓸쓸한 리듬으로 퍼져나가는 당신의 잎, 당신의 소리는 "흙으로 바람으로 분명해지려는 나"를 흩뜨리고, 잠 못 들게 하고, 불안하게 한다. 잎은 자꾸 돋아나 다시 떨어지고 소리는 이곳의 공백을 가득 메워 그치지 않는다. "당신의 물음에 답할 수 없으니", "당신의 속내 다 셀 수 없으니" 나의 초조와 피로와 불안과 불면은 영원히 가라앉을 기약이 없다. 그러나 이 꺼끌꺼끌하고 징그러운 일상이, 모래와 땀으로 범벅된 혼곤한 나날이 "당신이 아니라면 없어도 좋은 일들"(「저녁의 新婦 6」)이라면, 당신이어서 노래를 짓고 표정을 만들고 저녁을 차리게 되는 것이라면, 당신은 이 모든 노래의 원천, 알아들을 수는 없는데 자꾸만 계속하게 하는, 그리하여 조금 더 서두르고 가까스로 도착하게 하는, 삶과 죽음으로 번갈아 드는 존재의 무거운 명령일 것이다.

당신은 늘 저녁으로 온다. 틀림없는 저녁으로 와서 매번 나와 모르는 저녁으로 증명되는 당신. "당신이 물은 곳을 또 박또박 되묻"고, "당신은 다시 묻고 / 나는 또 묻고"(「바람과 blues」), 그렇게 주고받는 일에 빠져들 때, 길을 건너고 커피를 마시고 강아지를 기르는 우리의 일상은 바람이 되고 춤이 되고 블루스가 된다. 임곤택의 시가 일상의 지루한 반복을, 고통스런 피로를, 빈틈없는 궤도를, 우리의 무사한 아침과 식욕 없는 식사를, 가난한 품삯과 반신반의의 안부를 저 눅눅하고 쓸쓸한, 무심하고 정교한 리듬으로 변주할 때, 우리의 걸음은 조금씩 빨라져서 이 도시의 어둡고 많고 구분할 수 없는 저녁들과 마주하게 된다. 이제 우리는 가까스로 조금 더 도착한 것이다. 아무 때나 지나지만 모르는 시간으로, 흘려보내지만 흘러가지 않는 시간으로, 자꾸 붉어지면서 징그러운 것을 내보이는 시간으로.

그러니 "저녁의 신부여 / 어깨 위 속옷의 검은 끈을 조금 / 더 드러내도 좋겠다"(『저녁의 新婦 2』).

문예중앙시선 50

너는 나와 모르는 저녁

초판 1쇄 발행 | 2017년 5월 30일

지은이 | 임곤택
발행인 | 이상언
제작총괄 | 이정아
편집장 | 박성근
디자인총괄 | 이선정
디자인 | 김진혜

발행처 | 중앙일보플러스(주)
주소 | (04517) 서울시 중구 통일로 92 에이스타워 4층
등록 | 2008년 1월 25일 제2014-000178호
판매 | 1588 0950
제작 | 02 6416 3928
홈페이지 | www.joongangbooks.co.kr
페이스북 | www.facebook.com/hellojbooks

ISBN 978-89-278-0863-3 03810

문예중앙은 중앙일보플러스(주)의 문학 단행본 브랜드입니다.